까미는 내 친구

이민준 동시집

까미는 내 친구

저   자 | 이민준
발행자 | 오혜정
펴낸곳 | 글나무
          서울시 은평구 진관2로 12, 912호(메이플카운티2차)
전   화 | 02)2272-6006
등   록 | 1988년 9월 9일(제301-1988-095)

2023년 1월 3일 초판 인쇄 · 발행

ISBN 979-11-87716-70-9 03810

값 12,000원

이민준 동시집

까미는 내 친구

글 · 그림 이민준

이 민 준

봉은 초등학교 3학년

안녕하세요 이민준이에요
나는 그림 그리는 것도 좋아하고
동시 쓰는 것도 참 재미있었어요
제 동시집이 나와서 너무 기뻐요
여러 친구들이 제 동시집을 많이 읽어주면
좋을 것 같아요
직접 만나지는 못하지만
까미는 내 친구를 읽는
친구들과 친구하고 싶어요

제2부 아기 금붕어

이민준 동시집 까미는 내 친구

제 1부
할머니 보물

말놀이

물치물치 가물치
꼬리뱅뱅 초롱이
올챙올챙 올챙이
버럭버럭 할아버지

물치물치 가물치
강에 살고요
꼬리뱅뱅 초롱이
꼬리로 팽이 치고요
올챙올챙 올챙이 춤을 추고요
버럭버럭 할아버지
혼자 놀아요

Puns

Mulchi mulchi Gamulchi (Snakehead fish)
Kkoree beng beng Chorongyi
Olcheng olcheng Olchengyi (Tadpole)
Buhruk buhruk grandpa
Mulchi mulchi Gamulchi fish lives in the river
Kkoree beng beng Chorongyi spins like a top
Olcheng olcheng Olchengyi dances
Buhruk buhruk grandpa plays alone

말놀이

치이이
물큰둥챙
가초올할아버지
치빵온챙력
물빵온버
치리행력
무릎고올려펴

물치
치고요
물고리방빵
팽이치고요
올챙올챙
추고요
펴력버력
혼자놀아요

가물치   강에
초롱이   꼬리로
올챙이   춤을
할아버지
혼자 놀아요

15

까미

까미는 할아버지 집에
살아요
까미는 몸이 까매서
까미예요

내가 할아버지 집에 가면
꼬리를 흔들며 달려 나와요

내가 까미야 하면
헐헐 내 손바닥을
핥으며 좋아해요

꼬리를 흔들고
내 손바닥을 핥는 걸 보면
나를 좋아하는 게 분명해요

까미는 내 친구
언제쯤
나하고 이야기할 수 있을까

까미

까미는 할아버지 집에
살아요
까미는 몸이 까매서
까미예요

내가 할아버지 집에 가면
꼬리를 흔들며
달려나와요

내가 까미야 하면
월월 내 손바닥을
핥으며 좋아해요

꼬리를 흔들고 내
손바닥을 핥는 걸 보면
나를 좋아하는 게 분명해요

까미는 내 친구
언제쯤
나하고 이야기 할 수 있을까

18

Kkami

Kkami lives at grandpa's house
Kkami's body is black so he is Kkami
When I go to granpa's house, Khami wags his
tail and runs to me
When I say "Kkami" "Woof, woof"
He happily licks my hands
Wagging his tail
Licking my hands
I am sure he likes me
Kkami is my friend
When will you be able to talk with me?

얼음

아이스크림은 얼음인데요
달콤하고 새콤하고
입속에서는 사르르 녹아요

내가 제일 좋아하는
구슬 아이스크림
너무 많이 먹어서
엄마가
"그만 먹어라."

엄마 몰래 먹다가
엄마가
"그만 먹으랬지."

깜짝 놀란 나는
얼음이 되었어요

Ice

Ice cream is ice
But it is sweet and sour
It gently melts in your mouth
My favorite marble ice cream
I ate too much, so
My mom said, "Stop eating"
Secretly eating ice cream
My mom said, "I told you stop"
Startled I became ice

얼음

아이스크림은 얼음인데요
달콤하고 새콤하고
입 속에서는 사르륵 녹아요.

내가 제일 좋아하는
구슬아이스크림

너무 많이 먹어서
엄마가 "그만 먹어라"

엄마 몰래 먹다가
엄마가 "그만 먹으랬지"

깜짝 놀란 나는
얼음이 되었어요

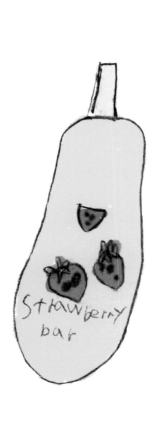

금고

할머니와 코스트코에 갔다
할머니가 금고 하나 사야겠다 그래서
내가 금고가 뭐예요
보물창고란다
안돼
왜 저를 금고에 가두시려고 그러세요
내가 할머니 보물이잖아요
금고 금지!

Safe

I went to Costco with grandma
Grandma said we have to buy a safe
So, I asked, "What is a safe?"
It is a treasure box
"No."
"Why are you trying to locked me in a safe?"
"I am your treasure."
"Safes are banned!"

우리 할머니

할머니는 나를 보면
방긋방긋 웃는다
할머니 웃음은 까치같이 예쁘다

우리 할머니는 그림도
잘 그린다
그런데 네이버에는
검색이 안 된다

빨리 유명한 화가가
되세요

할머니 네이버에
까치같이 예쁜 모습으로 나오세요

My grandmother

Grandma smiles when looking at me
Grandma's smiles are pretty like magpies
My grandma is good at drawing
But you can't search her on Naver
Please become a famous artist fast
Please show up on Naver as a pretty magpie

엄마가 좋아 할머니가 좋아

엄마가 물어보면
엄마가 제일 좋고
할머니가 물어보면
할머니가 제일 좋고

엄마는 할머니가 제일 좋다 그러면
울 엄마는 삐져요
그래서
엄마가 1등인데
나뭇잎만큼 좋고
할머니는 2등인데
우주만큼 좋다고 했어요

엄마가 제일 좋다하면
할머니가 슬프고
할머니가 제일 좋다하면

엄마가 슬프고

나는 참 걱정이 많다

Who do you like?
Mom or Grandma?

If mom asks

I like mom the most

If grandma asks

I like grandma the most

My mom gets sulky when I say I like grandma
the most

So

My mom is first to me, but I like her as size
of a leaf

My grandma is second to me, but I like her
as size of the universe

My grandma gets sad when I say I like mom
the most

My mom gets sad when I say I like grandma
the most

I have so many worries

바둑

할아버지와 가끔 바둑을 둔다
할아버지는 나보다 뚱뚱하고 머리도 큰데
바둑은 나한테 맨날 진다
할아버지는 나의 상대가 안 된다
그런데
할아버지는 나를 이길
생각을 안 한다

Go (Baduk)

Sometimes I play Go with grandpa

My grandpa is bigger and has a bigger head

But he loses to me everyday, he is no match
for me

But

He does not think of beating me

잔소리

엄마의 잔소리
TV 봤다고 잔소리
글씨 삐뚤 쓴다고 잔소리

아빠의 잔소리
옷 물어뜯었다고 잔소리
조용히 하라고 잔소리
나는 언제쯤 잔소리를
안 들을까

엄마 아빠는 쌍둥이
잔소리꾼

Jansori (Nitpicking)

My mom's nitpicking
Because I watched TV, she nitpicks
Crooked letters, she nitpicks
My dad's nitpicking
Chewed clothes, he nitpicks
Be quiet, he nitpicks
When will I stop hearing the nagging
Mom and dad are nitpicking twins

가방

나는 가방 메고 학교 가고요
아빠는 가방 메고 회사 가지요
내 가방 속엔 책이 있고요
아빠의 가방 속엔 컴퓨터가 있어요

아빠의 컴퓨터는 요술쟁이
맛있는 케이크랑
엄마의 예쁜 가방과 옷들이 들어 있대요
아빠는 밤에도 컴퓨터만 합니다

Backpack

I wear my backpack to school
My dad wears his backpack to work
In my backpack there are books
In my dad's backpack there is a computer
My dad's computer is a magician
Tasty cakes, mom's pretty bags and clothes
are in the computer
My dad uses the computer all night

비

비가 내린다

나는 비가 싫다

할머니는 비를 좋아하신다

낙엽이 비를 맞고 떨어져 있다

할머니는 슬프다고 하셨다

내가 왜요?

파란색 나뭇잎이 늙어서

땅바닥에 뒹군다고 하셨다

나는 '할머니는 안 늙었어요'라고 했지만

나는 처음부터 할머니가

늙었다는 걸

알고 있었다

Rain

It is raining

I don't like the rain

My grandma likes the rain

A leaf hit by the rain and fell

My grandma said she is sad

I asked why

A green leaf got old and is rolling on the
ground

I told my grandma that she is not old, but

I knew from the start that she was old

47

제 2부

★아기 금붕어★

금붕어

금붕어가 어항 속을
헤엄치고 있어요
아빠 금붕어 엄마 금붕어
아기 금붕어

아빠 금붕어가 꼬리를 흔들면
엄마 금붕어가 그 뒤를 따라가고
아기 금붕어들이 흉내를 내요

아기 금붕어들은 숙제를 안 해서
좋을 거 같아요
하지만
아기 금붕어들도 노느라 힘들어요

Goldfish

The goldfish is swimming in the tank

Daddy goldfish, mommy goldfish and baby goldfish

When daddy goldfish shakes his tail, mommy goldfish follows

Baby goldfish copies

Baby goldfish are lucky they don't do homework

But

Baby goldfish are tired playing

금붕어

금붕어가   어항속을
헤엄치고   있어요
아빠금붕어   엄마금붕어
아기금붕어

아빠금붕어가   꼬리를
흔들면   엄마금붕어가
그 뒤를   따라가고
아기금붕어들이   흉내를
내요

아기금붕어들은   숙제를
안해서   좋을거   같아요
하지만
아기금붕어들도   노느라
힘들어요.

꽃길

우리 아파트에
벚꽃이 피었다
활짝 피었다
바람이 부니까
ㅈㅈㅈ
벚꽃이 떨어졌다

하얀 색종이 분홍색 종이가
하늘에서 쏟아지는 것
같았다

우리 아파트 길이
하얀 꽃길 분홍 꽃길이 되었다

Flowery Path

At our apartment
Cherry blossoms have bloomed, fully bloomed
The wind blew... zzz...
Cherry blossoms fell
It is like the sky is pouring
White and pink confetti
Our apartment road became
A white and pink flowery path

꽃길

우리 아파트에
벚꽃이 피었다 활짝 피었다
바람이 부니까
ㄹ ㄹ ㄹ
벚꽃이 떨어졌다

하얀 색종이 분홍 색종이가
하늘에서 쏟아지는 것
같았다

우리 아파트 길이
하얀 꽃길 분홍 꽃길이 되었다

구구단

구구단 구구단
나만 못 외우는 구구단
친구가
"너 구구단 못 외우지."
기분이 상했어요

구구단 구구단
다시 외워보니
참 재밌는 구구단
나는 친구들이
구구단을 못 외워도
놀리지 않을 꺼에요

Gugudan

Gugudan gugudan

I am the only one who cant memorize the gugudan

My friend said, "You cant memorize the gugudan, huh?"

My feelings were hurt

Gugudan gugudan

Memorizing it again

Very fun gugudan now

I will not make fun of my friends who cant memorize the gugudan

팔찌

공방에 갔어요
필통 팔찌 등을 만드는
곳이에요

나는 여자친구한테 줄려고
열심히 만들었어요
그런데 너무 예뻐서
주기 싫었어요

나는 이다음에 커서
여자친구에게 커피 한 잔
사줄래요

팔찌는 내가 가질 거예요
살짝 미안했어요

Bracelet

I went to the craft room

It is a place where they make pencil cases, bracelets and etc.

I worked hard to make a bracelet for my girlfriend

But it was so pretty I didn't want to give it to her

When I get older I will buy her a cup of coffee

I will keep the bracelet

I felt a little sorry

편지

공방에 갔어요
필통 팔찌 등을 만드는
곳이예요

나는 여자친구한테 줄려고
열심히 만들었어요
그런데 너무~ 예뻐서
주기 싫었어요

나는 이다음에 커서
여자친구에게 커피 한잔
사줄래요

팔찌는 내가 가질거예요
살짝 미안했어요

눈

하늘에서 눈이 펑펑 내린다
쌓였을 때는 하얘서 솜사탕 같은데
먹으면 맹탕이다
갑자기 할머니의 맹탕 감자탕이 생각났다

눈이 녹으면 물이 되는 게 신기했다
하나님 부탁드릴게요
솜사탕같이 달콤한 눈을 내려주세요
친구들과 맛있게 먹으면서 파티하게요

Snow

The snow is falling puk-puk from the sky
When it piles up, it is white like cotton candy
If you eat it, it tastes bland
Suddenly, I am reminded of grandma's bland
potato stew
It was amazing that when snow melted it
became water
Please God
Let it snow sweet cotton candy
So my friends and I can have a party eating it

나의 꿈

나의 꿈은 곤충학자다
곤충이 좋고 곤충을 연구하고 싶다
애벌레에서 어떻게 나비가 되는지
한겨울에는 곤충들은 어떤 집에서 사는지
곤충도 가족이 있는지
열심히 연구해서 친구들에게 알려주고 싶다
그중에서 나는 사슴벌레가 제일 좋다
사슴벌레하고 이야기하고 싶다

My Dream

My dream is to become an entomologist

I like insects and want to research them

How does a caterpillar become a butterfly?

Where do insects live in the middle of winter?

Do insects have families?

I want to tell my friends after I diligently research

Amongst the insects, I like the stag beetle the most

I want to have conversations with the stag beetle

유모차

어렸을 때 엄마가 태워주던 유모차
내가 아기라서 잘 못 걸어서
나는 유모차를 타고 놀이터도 가고 할머니집에도 갔다
그런데
요새는 할머니들이 유모차를 밀고 다닌다
유모차에는 아무도 없다
아기를 잃어버린 것 같다
할머니는 오늘도 유모차를 끌고 다니신다
할머니가 아기를 찾으셨으면 좋겠다

Stroller

The stroller that my mom used to give me a ride in

When I couldn't walk

I would ride the stroller to the park and to grandma's house

But

These days, grandmas push strollers around

There is nobody in the strollers

It's like they lost the baby

Even today, grandma pushes the stroller around

I hope that grandma finds the baby

거미

거미가 거미줄에서
빈둥빈둥 뒹군다
거미는 거미줄이
놀이터도 되고 집도 되나보다
낮에도 밤에도
거미줄에서
빈둥빈둥 뒹군다
거미야 거미야
깜깜한 밤에는 우리 집에
살짝 놀러 오렴
나하고 같이 놀자

Spider

A spider in the spider web

Bindoong bindoong fiddles around

The spider web must be a playground and
home for the spider.

Day and night the spider fiddles in the spider-
web

Spider, spider

In the dark, dark night come over to play

Let's play together

사슴벌레

여름휴가를 갔다
밤이 되니까 사슴벌레들이 날아왔다
너무 신기했다
어디에서 날아왔을까
아침에 산에 갔는데
한 마리도 보이지 않았다
사슴벌레는 게으름뱅이인가 보다
늦잠을 자는 게 분명하다

Stag Beetle

I went on a summer trip.
Stag beetles flew in at night
It was amazing.
Where could they have flown from
I went to the mountain in the morning and
Saw no beetles
Stag beetles must be lazy
They must be sleeping in

라면

나는 라면이 제일 맛있다
그래서 라면을 좋아한다
계란도 넣고
떡도 넣고
면치기를 하면서 먹으면
너무 맛있다
라면에 떡을 넣으면
골라 먹는 재미도 있다
골라 먹기도 하고
면치기도 할 수 있는 라면
그런데 엄마는 라면을
많이 못 먹게 한다
왜 그럴까
너무 궁금하다
많이 먹어도 건강한
라면을 만들고 싶다

RAMEN

Ramen is the best

That is why I like it

Put in some eggs

Put in some dduk

Slurping the noodles makes it delicious

If you put dduk in the ramen

It is fun choosing what I eat

I choose what I eat

I can even slurp the ramen

But my mom wont let me eat ramen often

Why is that?

I am very curious

I hope to make ramen

That is healthy even if you eat a lot

이새의 가지가 담을 넘는
샘 곁에 심은 늘 푸른 나무로
올곧게 자라기를……

할머니의 보물
이민준
할머니가 많이 사랑하는 거
알지

꿈을 향해 더 높이 더 멀리
그리고 즐겁게 잘 놀기
할머니하고
약. 속

외할머니 김서은(시인)

하늘 아래 최고로 귀한 내 손주 이민준
할머니가 진짜 진짜 사랑해
날마다 화 · 이 · 팅

글 · 그림 친할머니 백정남